그림 없는 동시집

물이 웃는다

이상교

시인의 말

하고 싶은 건 분꽃이 피는 걸 보는 일이야.

잘 영근 채송화씨를 손바닥에 놓고 들여다보는 거야.

물고기는 나이를 비늘에 새긴다는 말을 들었어.

물고기들 비늘은 반짝여. 은빛 반달이 총총 떠 있지.

나도 반짝이는 나이를 갖고 싶어.

잘 익은 살구가 나뭇가지에 뜬 주황빛 별 같아.

벌레 먹었어도 살구야, 개살구야. 사랑해!

2022. 개망초꽃 흐드러지는 때

이 상 교

차 례

_봄

_여름

_ 다시, 봄

_ 시인의 산문

—봄

구름1

산 뒤에서
어기영차, 구름이
힘들여 올라와
얼굴을 내밀었다

희기는 한데
뭉실뭉실 못생겼다

보는 동안
더 올라왔는데
뭉실뭉실 여전히
못생겼다.

쥐

귀때기가 완두 콩잎 같아

쥐눈이콩 닮은 눈알이 또릿또릿

주둥이가 날렵해

수염은 간지러워

몸통은 고구마

발 넷은 씻으면 깨끗해

꼬리는 애교야

찍찍 소리 깜찍해

뜯어볼수록 귀여워

나, 쥐띠!

이른 봄볕

이른 봄 저녁 무렵
엷은 볕
한 자락

꽃사과 언 나뭇가지가
조금
화단 언 흙덩이가
조금
언 길바닥이
조금
때마침 지나는
내 종아리가
조금

옮은 이른 봄볕이

조금조금 묽는다.

머리통

머리를 빗다가
두 손으로 머리통을
쓰다듬는다

뒤통수가 납작하고
왼쪽으로 조금 삐뚤어졌다
정수리는 편평하고
뿔 두 개 돋아 남짓한 자리는
둥그렇게 흘러내렸다

정수리에서 뒤통수로
정수리에서 양 옆으로
몇 번이나 쓰담아 내린다

부지런하고

인사 잘하지만

공부는 보통인

내 머리통

하나뿐인 지구에

하나뿐인 짱구 내 머리통

심장

토끼를 생전 처음
잡아 보았다

내게 잡힌
토끼 심장이
두근두근

토끼 잡은
내 심장이
두근두근

똑같이
두근댔다.

냉이

이른 봄,
엄마와 캐러 다닐 때에는
눈에 통 안 띄던
냉이

늦은 봄,
냉이꽃 여기저기 하얗게 피어
흔들린다

냉이꽃 핀 그 자리
잘 봐 두었다가
내년 봄,
찾아봐도 눈에 통 안 띌 때
그때 캐야겠다
잘 봐 두었다 그때 다 캐야겠다.

비

소르르소르르

비 내린다

소르르소르르

잠 온다

찰름찰름

빗물이 고인다

찰름찰름

잠이 고인다.

꽃

꽃몽울은
무슨 생각에 잠겨 있다가

화들짝
깨어난 걸까.

창 쪽 자리

교실에서도
창 쪽 자리가
좋아

버스를 타도
창 쪽 자리

아이스크림 가게에서도
창 쪽 자리

이러다
땀 배인 정수리 아니면 어깨,
아니면 팔뚝,
아니면 등더리에서

싹 돋아날지 몰라

꽃 피어날지 몰라.

무궁화꽃

민들레꽃이피었습니다
복숭아꽃이피었습니다
백일홍꽃이피었습니다
엉겅퀴꽃이피었습니다
개나리꽃이피었습니다
진달래꽃이피었습니다

벼라별 꽃이 다
피어났다가
머잖아 모조리
지고 말았습니다

무궁화꽃이피었습니다!

물이 웃는다

별 밝은
날,

수돗가 물통 물이
웃는다

수도꼭지에 맺혀있던
물 한 방울이
따악, 한번 말을 걸었을 뿐인데,

물이 웃는다
물통 바닥까지 웃는다
물통 밖까지 벙그러져
웃는다.

엄마께

속이 좀
상했어요
머리가 좀
아팠어요
화가 좀
났어요
마음이 좀
아팠어요

엄마, 내가
좀, 조금이라고 말하는 걸
그대로 믿지 마세요

'아주 많이' 아프고 속상하고

화나고 그러는 걸

'좀' 으로 줄여 말하는 거예요

지금도 말하면서

엄마가 뭐랄까 봐

마음에 좀 걸려요.

늦봄

늙은 나비가
털레털레 날아간다

바람 계단을 헛디뎌
오르락내리락
비틀댄다

늙은 민들레
만나러 간다.

_여름

구름2

새털구름 떴다
새가 된 하늘

비늘구름 떴다
물고기가 된 하늘

조개구름 떴다
바다가 된 하늘

솜털구름 떴다
이불이 된 하늘

양떼구름 떴다
목장이 된 하늘

민들레

꽃 피고
지자
잠드는 민들레

잠꼬대가
비눗방울처럼 둥그렇게
피어올랐다

바람이
깨우러 올 때까지
곤한 잠잔다.

머리가 모르게

배탈 사흘,
오징어 먹으면 안 된단다

짭조름, 졸긋졸긋, 배틋하게
구워진 반건조 오징어
손이 그걸 감쪽같이 감춰놓으려
이곳저곳 헤맨다

냉장고 맨 아래 칸 구석이 좋을지,
보조 가방 속주머니가 좋을지,
책상 작은 서랍 속이 좋을지…….

머리는
잠깐 멀리 멀어져 있어라

깜빡하고 있어라

손은 어디든지

눈 깜짝할 사이 감추어라.

볕 발

긴 장마 끝
볕 발이
밝게 비쳐든다

안으로 들어올래?

장마지는 동안
눅눅하고
그늘 든 집 안

거실 유리문을
활짝
열어젖뜨린다.

잎사귀

귀
귀
귀
잎사귀

사운사운 바람 소리
삐릿삐릿 새소리
토닥토닥 빗방울 소리
듣고 듣고 또 들어

귀
귀
귀
잎사귀
귀가 귀가 늘었다.

새가 된 준치

가시가 많기로 이름난
바닷물고기 준치

할머니가 그러는데
준치 대가리에 쌓인 가시만으로
새 한 마리가 거뜬
만들어질 거래

어느 날 준치는
쌓인 가시를 허물어
한 마리 새가 되기로 했대

먼저
등뼈, 가슴뼈, 다리뼈를 만들고

등지느러미, 배지느러미로는
양 날갯죽지, 꽁지깃을 삼았대

당장 하늘을 올려다 봐

새가 된 준치들이 하늘 속을
헤엄쳐 다니지?
아가미를 들썩이며 뾰롱뾰롱
뻐끔대며 날지?

핑코

사람 나이로 치면
예순 살이 넘었을
우리 집 핑코

내가 손으로 뒷목덜미를
잡아 올리면
꼼짝 못 한다
억지로 들어 올리려 해도
가만히 있다

아기일 적,
제 엄마가 제 뒷목덜미를 물고
이리로 저리로 옮겨 주던
그 일로 안다

긴 다리 넷
긴 꼬리 축 늘어뜨리고
엄마가 하는 대로 맡긴다
다 자란 아기가 된다.

소나기 때 호박밭

미끌미끌
초록 비늘
호박 한 마리 두 마리
후두두 후두두-

너풀너풀 너른 호박잎
수초 밑으로
헤엄쳐 돌아다닌다

옆 가지밭으로 뛰어들었다가
재빨리 되돌아오는
새끼 호박 몇 마리,
연초록 지느러미
새끼 호박 몇 마리

까만 우산 돌고래 할머니가

호박 낚으러 나오신다.

여름

별이
별이
뜨겁다

뜨거워
뜨거워
매미가 운다

울어
울어
나뭇잎 귀가 먹먹하다

먹먹해
먹먹해

진초록 잎사귀 귓바퀴가

두터워졌다.

지렁이

여름에
시골 고모네
놀러 갔다

녹말가루를 내느라
감자 곯는 냄새 지독한
수돗가에서
고모는 저녁 쌀 씻는데,

찌이이이이이-
어디선가
가느다란 울음소리

무슨 소리예요?

지렁이 울음소리란다

쌀을 다 헹궈 건질 때까지도
찌이이이이이이-

지렁이는 어디로 울어요?
입으로도 울고 똥구멍으로도 울고
온몸으로 운단다

수돗가 분꽃은
외로운 저 울음
날마다 들었겠다.

개망초

들에 들에
개망초

기차 소리에
한 무더기 피어나고,

도랑물 소리에
한 무더기 피어나고,

깝족새 소리에
한 무더기 피어나고,

부는 바람에
한 무더기 피어나고,

들에 들에
하얀 하얀 개망초

지치도록
개망초

소나기

소

가 두두두두 내달리듯 요란스레

쏟아지지

나

비가 떼 지어 날개 치듯 하얗게

부서져 내리지

기

겁을 하듯 뚝 그치지,

바가지로 퍼붓다가

_ 가을

구름3

하늘을 올려다보는
동안

몽개몽개 흰 구름이
새푸른 하늘에
자꾸 태어난다

어미 뭉게구름이
아기 흰 구름을
자꾸 낳아 놓는다

먼저 낳은
구름은
벌써 다 컸다.

나비

나비가
'ㄴ' 으로 날다가
'ㅏ' 로 날다가
'ㅂ' 으로 날다가
'ㅣ' 로 날다가

날아온 길
팔락팔락
다 지운다.

우체국에서

잦은 발걸음들이
우체국 문을 밀어
들어서고 나서기
바쁘다

겉봉에
이름표와 우표를 붙이고
날아오르려는 우편물들이
술렁술렁 술렁인다

땅은
우체국 밑둥을 꽉
잡고 있어라

구름은

우체국 지붕을

지그시 누르고 있어라

그냥 두면 통째로

위우우웅-

날아오를지 모른다.

편지

까만 점 하나 찍어
보냈을 뿐인데,

연두 새싹 답장이 왔다
초록 줄기 답장이 왔다
분홍 꽃잎 답장이 왔다
씨앗 주머니 답장이 왔다

우체부는 나비와 벌

봉투를 열자
읽을 수도 없게
꼭꼭 눌러쓴 까만 글씨가
빼빽, 떼구르르

답장이 왔다.

무순

잘라낸 무 윗동을
물그릇에 담가 두었다

연둣빛 무 잎순이 오골오골
자라 나온다
네댓 잎을 베어
달팽이에게 나눠주고 나자,

길게 벋어 나온 줄기 끝에
조롱조롱 꽃망울이 맺혔다

필똥말똥 무꽃
피고 지고
영근 무씨 받아

무시무시 무 싹이

돋아난다면

토끼도 무서워 비켜 지날 거다

호랑이도 무서워 비켜 지날 거다.

성묘

앞산에 붉나무
울그락붉그락 붉나무

뒷산에 까마귀
까욱까욱 까마귀

첩첩 먼 산등성이
소 잔등으로 휘었다

잔디 풀잎 풀잎
바람결에 누웠다.

통통통

작은 공이
통통통
굴러간다

공을 쫓아
작은 아이가
뛰어간다

공보다 더
통통통
뛰어간다.

천만다행

우리 아파트
초고속 엘리베이터

천당까지 올라가지
않는다

지옥까지 내려가지
않는다

참 다행이다.

기웃

길 양쪽 처마 끝이
닿을 듯
좁은 골목길

작은 기와집 대문에
〈달셋방 있음〉
종이가 붙어 있다

처마 사이로
둥그런 보름달님이
기웃 내려다본다.

공

붙잡아 움켜쥘 데라곤
없는
저 둥근

낭
떠
러
지

구르다
뛰다
날다
솟구치다

주저앉을 때

까지

가을밤

풀밭에 달빛이 가득합니다
풀벌레 울음이 가득합니다

가득 채우고 남은 달빛이
방 창문에 내립니다

가득 채우고 남은 풀벌레 울음이
자는 머리맡까지 들어옵니다

여전히 하나 가득입니다.

_ 겨울

겨울 골목

어스름 추운
겨울 저녁

버스에서 내려
좁은 뒷골목을
반쯤 접어들었을 때,

야아아아오옹-

골목이 길게
울었다
추웁다며
울었다.

두부

두순두순

부들부들

두

부

두부

할머니 산소

제비꽃 곱쟈?
봄에 갔더니

애기방아깨비 귀엽쟈?
여름에 갔더니

까치수염 풀씨 잘 익었쟈?
가을에 갔더니

하얀 눈 이불 포근히 덮고
쿨쿨쿨 주무신다,
겨울에 갔더니

머리빗

싸악싸악-
빗으로 머리를 빗어 내린다

그래그래,
머리끄덩이 틀어쥐고
싸우지들 말고
자분자분 사이좋게 지내려무나

그래, 착하기도 하지!

머리빗이
정수리에서 뒤통수 지나 제비추리까지
싸악싸악 쓰다듬어 내린다.

할아버지 돌아가신 뒤

할아버지 돌아가신
뒤,

할머니에게 할아버지는
흰 나비로 오신다
노랑턱멧새로 오신다
뻐꾸기 소리로 오신다
솔개 구름으로 오신다
흰 눈발로 오신다

식구들 모두 함께
성묘 간 자리면
어김없이 오신다

지난번 성묘 때는

내 어깨에 청잠자리로

와 앉으셨다.

겨울 담벼락

볼 시린, 손 시린, 발 시린
겨울 햇살이
양지쪽에
붙어 서 있다

담장 아래 의자에 기대앉은
할머니들과 나란히
따슨 볕을 나눠
쬔다.

간장 종지

까만 간장이

담긴

작고 하얀 간장 종지

식탁 한가운데

놓였다

마침표처럼

찍혔다.

바람만 바람만

둑 아래 개울 기슭
배게 난 갈대 수풀

봄 여름 가으내
비비새 떼 들락날락
바시락바시락
재미나게 놀았다

틈 없이 배게 자란
수풀 사이에
길고양이 추운 겨우내
숨어 지내기 딱이겠다,
했다

맵게 추운 오늘
누가, 누가 살고 있나
가보았더니

바람만 바람만
서걱서걱 서거럭
드나들었다.

눈 내린 저녁

흰 눈에 어둠이 스며
하늘은 제대로
어둡지 못하고

길 잃은
동박새 한 마리
나뭇가지에 쌓인 눈을
푸스스슥- 떨군다

쌓인 눈에
발등 감춘 나무,
그 소리 혼자
듣고

동박새 한 마리

갈 길이 멀다.

동지 지나

새알심 든 팥죽을 먹는
동지 지나

나무뿌리 끝은 흙더미 속에서
설풋 샛눈을 뜨지
반달가슴곰은 겨울잠 굴속에서
설풋 샛눈을 뜨지
은하수 건너 별자리들은 이사 준비
설풋 샛눈을 뜨지
강물은 언 발 풀리면서
설풋 샛눈을 뜨지

동지 지나
해가 모르게 낮이 길어지는

때

설풋 떴던 눈 도로 감고
덧잠드는 때.

간장

아무런 맛없이,
매가리 없이 푸욱 퍼진
흰 쌀죽

죽 그릇 옆 하얀 종지에
담긴
까만 간장

죽 한술 뜨고
간장 한 점 찍고
죽 한술 뜨고
간장 한 점 찍고

그때부터

간장이

다시 보였다.

시

눈 내린
산비탈에
ㅅㅅㅅ

시
한 줄

ㅅ
ㅅ
ㅅ
ㅅ
·
·

새 발가락이 쓴
정갈한

시
한 줄.

_ 다시, 봄

눈 나쁜 살구

옛날 옛날에
눈 나쁜 여자아이 하나
살았습니다

살구가 노랗게 익을 때면
살구잎은 더러 노랗게
익었습니다

아이들과 함께
살구나무 밑으로 익은 살구를
주으러 갔는데
살구는 한 알도 못 줍고,

노랗게 익은 살구나무 잎사귀

주워들고는
가볍게 주워 들린 나뭇잎이
부끄러웠습니다

아이들이 모두 돌아간 뒤까지
여자아이 손에는 나뭇잎만
자꾸 들렸습니다

옛날 옛날
눈 나쁜 그 여자아이
대신
살구나무 살구는 그때부터
눈이 나쁘기로 했습니다.

_시인의 산문

어린 물고기의 눈물

일곱 살 무렵이었다. 아버지의 간척사업 일로 가족 모두 강화도로 이사해야 했다.

이사하는 날, 나는 아버지와 함께 이삿짐 트럭 앞자리에 앉아 갔다. 아버지가 언니가 아닌 나를 트럭에 태워 간 건 뜻밖이었다. 아버지는 언니를 많이 예뻐했다. 내가 아버지라도 그럴 만큼 언니는 예쁘다.

언제 잠이 들었었는지 눈을 떴을 때는 강화군 길상면 초지리였다. 엄마와 언니, 여동생 그리고 갓난아기 남동생은 나중에 버스로 왔다.

자는 동안 내리던 비는 말갛게 그쳐 있었다.

'노란 꽃……'

맑은 빗물이 괸 길 한쪽에 키 큰 노란 창포꽃이 줄지어 피어 있었다. 군데군데 괸 빗물 웅덩이에 노란 창포꽃 그림자가 어려 흔들렸다.

"내려라."

아버지는 어째서 예쁜 언니와 함께 오지 않고 나를 태워 온 걸까, 또 잠깐만 생각했다. 두 살이 위인 언니는 내 눈에도 그림처럼 단정하고 고왔다. 그래서 나는 키만 크고 훨씬 못생겼다.

아버지는 들머리 사무실에 가고 없었다. 언니와 동생은 어딘가로 놀러 간 듯했다. 두 살배기 남동생은 자는 걸 보았다. 집안 일을 돕는 마을 언니는 개울가로 빨래를 갔다.

집을 벗어난 적이라곤 없었던 엄마는 잠자코 앞장을 섰다. 나는 엄마 뒤를 좇아 천천히 걸음을 옮겼다. 그때까지 엄마와 단둘이 집을 나선 일이라곤 없었다. 엄마는 살림에 늘 눈코 뜰 새 없었고, 나는 아침에 눈 뜨자마자 밖으로 뛰쳐 나가 놀기 바빴다.

엄마는 온수리 장으로 가는 논둑길로 접어들었다. 산기슭 밭이랑의 보리는 파릇한 기운이 돌았다.

산기슭에서 안쪽으로 옴팡 들어앉은 듯 보이는 옴팡집에 사는 윤투상이 저희 집 마당에 우두커니 서 있는 게 눈에 들어왔다. 투상이는 더워 보이는 자줏빛 긴 팔 헌 셔츠를 입고 있었다.

뒷짐을 쥔 엄마 손에는 노란 햇짚으로 단단하고 쫀쫀하게 꼬아 엮은 새끼줄이 서너 줄 둥그렇게 말려 들려 있었다.

투상이 아버지는 술주정뱅이에 가끔 마을 개를 잡았다. 털이 누런 큰 개를 새끼줄로 묶어 헌 나무 수레에 싣고 가는 걸 몇 번 보았다. 얼마 뒤, 그 큰 덩치의 개가 마을 밖 외진 데 말총나무 높다란 가지에 검게 그슬려 매달려 있는 걸 또 보았다.

햇볕이 등에 쨍쨍 내리쬐어 조금 더웠다. 웃옷을 조금 두껍게 입어 더운 건지 모른다.

엄마는 사슬재 오르막길로 들어섰다. 길이 가파른 데다가 지난 해 여름 장맛비에 팬 데가 많아 걷기에 힘들었다.

가끔 멀쩡한 꼬리인 도마뱀이 치르르르 소리를 내며 달아났다.

엄마는 얼마 가지 않아 길이 나 있지 않은 산길로 들어섰다. 산에는 아까부터도 진달래가 흐드러지게도 피어 있었다. 길 양쪽 산자락이 다 분홍 진달래꽃으로 뒤덮여 있었다. 진달래꽃으로 덮인 산자

락은 숨이 막힐 듯 조용했다.

엄마는 여전히 앞장서 걸어갔다. 아이들을 좇아 익은 산딸기를 따러 갔던, 썩은 볏짚 지붕의 살진 굼벵이들이 셀 수 없을 것 같은 상엿집 있는 데까지 갔다.

엄마와 아버지는 무슨 일론지 가끔 서로 언짢은 말을 주고받았다. 말하는 중에 아버지가 들고 있던 담뱃갑을 방바닥에 세게 내팽개치는 것을 가끔 보았다.

'…… 나 때문이 아닐까?'

그럴 때마다 몸이 절로 움츠러들었다.

넷째인 남동생은 어린 아기이고 언니와 밑의 여동생은 얌전해서 말썽이라곤 없었다.

걸핏하면 논두렁 물에 빠져 오고 개구리를 태질쳐 다리를 떼어 오는가 하면 높다란 나뭇가지에 기어오르는 등 갖은 말썽쟁이는 나였다.

산굽이를 오르락내리락하느라 숨이 찼다. 분홍빛 진달래로 하늘에 분홍 물이 든 듯 보였다.

장안말 필년이 엄마가 갓난아기를 등에 업고 저수지에 빠져 죽었다고 들었다.

엄마가 나를 데리고 새끼줄로 목을 매달아 함께 죽으려는 건 아닐까……. 뒤통수에 파인 우물 하나가 졸아드는 듯했다.

왜냐하면……

눈을 떴다 하면 아침부터 언니와 아니면 동생과 싸우기 때문일 것이다. 뜨거운 국을 종아리에 쏟고는 재빨리 걸레로 훔쳐 내 감자 껍질 벗기듯 살거죽을 훌러덩 벗겨냈기 때문일 것이다. 책을 볼 때면 눈에 바싹 가져다 대고 보기 때문일 것이다. 잘 먹여도 키만 크고 살이 안 찌며 그리고…… 못생겼기 때문일 것이다.

살몃 즈려밟듯 가만한 한숨이 새 나왔다.

뒷짐 쥔 엄마 손에 여전히 말려 들린 새끼줄은 이제는 흔들리지 않았다.

엄마가 문득 걸음을 멈춰 섰다. 산의 흙에 반쯤이 묻혀 반짝이는 무언가가 눈에 들어왔다. 엄마는 허리를 굽혀 흙에 묻힌 무언가를 끄집어냈다.

"녹슬지 않은 새 칼이네!"

엄마는 기쁜 듯 보였다. 육이오 전쟁통에 강화에 주둔해 있던 미군이 떨구고 간 칼 같다며 엄마는 유 에스 에이라 써져 있다 일렀다(엄마는 영문을 알았다).

"이제 그만 집으로 돌아가자꾸나."

엄마는 마치 칼 하나를 주우러 온 사람처럼 서둘러 말했다.

그제서야 내 눈에 한 아름이 넘게 새끼줄에 묶인 싯누렇게 시든 다박솔 가장이와 바싹 마른 나무 삭정이들이 눈에 들어왔다.

집으로 돌아갈 때 나는 앞장서 걸었다. 삭정이 등한 짐을 머리에 인 엄마와는 산기슭 보리밭 어귀에서 헤어졌다.

투상이가 저희 집에서 가까운 좁은 논두렁 길 개복숭아 나무 밑에 쪼그리고 앉아 있는 게 보였다.

"거기서 뭐해?"

다가가 물었다.

"너희 엄마가 솔 가장이 줍는 거 첨 본다."

투상이는 물음에 대답하는 대신 말했다.

그제서야 생각났다. 언젠가 엄마가 엄마 어려서 살던 곳에서처럼 삭정이 주워다가 아궁이에 지피고 싶다 했던 말.

개복숭아꽃은 반 넘게 피어 있었다. 얕은 논물에는 송사리 몇 마리가 가만히 떠 있었다. 밝은 볕발에 송사리들보다 송사리들 그림자가 더 짙게 헤엄쳤다.

모르는 사이, 논물 위로 눈물이 후두둑 떨어졌다. 참으려고 해도 또 떨어졌다.

"너, 울어?"

투상이가 놀라 물었다.

"……아아니."

새끼 송사리들이 눈물에 어려 헤엄쳐 돌아다녔다.

개복숭아꽃 몇 잎이 논물 위로 떨어졌다. 송사리들이 꽃이파리에 몰려들었다. 꽃이파리를 머리로 주둥이로 밀었다.

눈물은 또 떨어졌다. 떨어진 눈물에 송사리들은 놀라 달아났다.

엄마가 주워 온 은빛 작은 칼은 우리 집에서 오래도록 과일칼로 쓰였다. 아버지의 강화군 길상면 초지리의 갯벌 간척공사를 마무르고, 서울 집으로 돌아와 전학한 여중 2학년 때까지도.

이상교 동시집
물이 웃는다

2022년 7월 07일 초판1쇄 발행

지은이 이 상 교
펴낸이 김 성 민
기획위원 장 옥 관
편집디자인 김 경 자

펴낸곳 도서출판 브로콜리숲
출판등록 제2020-000004호
주소 41743 대구광역시 서구 북비산로 65길 36, 2층
전화 010-2505-6996
팩스 053-581-6997
홈페이지 www.broccoliwood.com
인스타그램 broccoliwood_
전자우편 gwangin@hanmail.net

979-11-89847-38-8 03810

*책값은 뒤표지에 표시되어 있습니다.